허공虛空에게 묻는다

이시환 시집

새로운 세상의 숲
신세림출판사

시인 **이시환**

인류의 지나친 행복이 재앙을 부른다.
-이시환의 아포리즘Aphorism 61

시인은 「동방문학」 발행인 겸 편집인으로
2020년 12월 현재 통권 제96호를 발행하였으며,
시집·문학평론집·종교적 에세이집·여행기 등 30여 종의 저서를 집필하였다.

시인 / 문학평론가

1980년 개인시집 『그 빈자리』를 펴내고, 1987년 계간 「시와 의식」지에서 시 부문 신인상과
1989년 「월간문학」지에서 평론부문 신인상을 수상하여 문단에 처음 소개됨.

- **시　　　집** : 「안암동 日記」(1992), 「애인여래」(2006), 「몽산포 밤바다」(2012) 외 12권
- **시 선 집** : 「벌판에 서서」(2002), 「대공」(2013)
- **영역시집** : 「Shantytown and The Buddha」(2003) :
  - *이 시집은 2007년 5월에 캐나다 몬트리올 '웨스트마운트' 도서관에서 소장하기로 심의 결정되었음.
- **중역시집** : 「벌판에 서서」(2004) :
  - *이 시집은 중국 북경 소재 '중국화평출판사'와 중국 장춘 소재 '장백산 문학사'에서 기증하여
    중국 내 유명 도서관 약 100여 곳에 비치되어 있음.
- **문학평론집** :
  - ① 毒舌의 香氣(1993), ② 新詩學派宣言(1994)
  - ③ 自然을 꿈꾸는 文明(1996), ④ 호도까기-批評의 無知와 眞實(1998)
  - ⑤ 눈과 그릇(2000), ⑥ 명시감상(2000)
  - ⑦ 비평의 자유로움과 가벼움을 위하여(2002), ⑧ 문학의 텃밭 가꾸기(2007)
  - ⑨ 명시감상과 시작법상의 근본문제(2010), ⑩ 자작시 35편에 대한 해설 『격(格)』(2018)
- **심층여행 에세이집** :
  - ①시간의 수레를 타고(2008), ②지중해 연안 7개국 여행기 『산책』(2010)
  - ③여행도 수행(修行)이다(2014), ④馬踏飛燕(2016)
  - ⑤꽃잎이 너무 붉어 나는 슬프다(2019)
- **종교적 에세이집** :
  - ①신은 말하지 않으나 인간이 말할 뿐이다(2009)
  - ②경전분석을 통해서 본 예수교의 실상과 허상(2012) : ①의 개정증보판임(896페이지)
  - ③썩은 지식의 부자와 작은 실천(2017)
- **논픽션** :
  - ①신과 동거중인 여자(2012)
- **기　　타** :
  - ①주머니 속의 명상법(2013)
- **편　　저** :
  - ①한일전후세대 100인 시선집 「푸른 그리움」 양국 동시 출판(1995)
  - ②「시인이 시인에게 주는 편지」(1997)
    - *이시환의 시집과 문학평론집을 읽고 문학인들이 보낸 편지를 모은 책
  - ③고인돌 엔솔러지 「말하는 돌」(2002)
  - ④독도 앤솔러지 「내 마음속의 독도」(2005)
  - ⑤연꽃 앤솔러지 「연꽃과 연꽃 사이」(2008)
  - ⑥바닷모래 앤솔러지 「생명의 근원 바다여 영원하라」(2018)
- **문학상 수상** :
  - ①한국문학평론가협회상 비평부문
  - ②한맥문학상 평론부문
  - ③설송문학상 평론부문 등 수상
  - ④한국예술명론가협회회 올해의 최우수예술명론기상(2015) 수상
  - ⑤한국예술명론가협의회 올해의 최우수시인상(2019) 수상
- **현재** : 격월간 「동방문학」 발행인 겸 편집인, 도서출판 '신세림' 주간
- **이메일** : dongbangsi@hanmail.net
- **이시환의 문학세계를 조명한 책이 3종이 있는데, ①12명의 문학인이 참여한 『바람 사막 꽃 바다』
  (2015, 400쪽), ②심종숙 문학평론가의 개인저서 『니르바나와 케노시스에 이르는 길』(2016, 576쪽),
  ③20명의 문학인과 애독자 등이 참여한 『그래도 들꽃을 피우는 박토』(2017, 360쪽) 등이 그것이다. 이
  들은 이시환의 문학평론집을 제외한 시집과 여행기와 종교적 에세이집 등 기타 저서를 읽고 집필한 평
  문·감상문·독후감 등으로 짜여 있다.

허공(虛空)에게 묻는다

이시환 시집

서시

序詩

내 평생 쉬지 않고 문장 빚어왔는데

부끄럽구나. 심히 부끄럽구나.

돌아보니 아침마다 끓여 먹는 만둣국에

마지막으로 썰어 넣는 배춧잎 한 장만 못하다니

네 앞에서 어떻게 얼굴을 내밀 수 있단 말인가.

그래도 너는, 기꺼이 너를 버려서

쓰린 내 속을 달래주고 풀어주는데

나는 네게 면목이 없구나.

-2020. 04. 20.

자서

自序

　지난 2019년 7월에 시집 『빈 그릇 속의 메아리』를 펴내고, 1년 6개월 만에 새 시집을 펴내려고 그동안 습작한 시들을 정리해 보니 59편이 되었다. 이들을 두 번 세 번 읽으면서 시집으로 엮을 만한 가치와 의미가 있는지 가까운 지인 몇 분에게 가편집(假編輯) 상태의 원고를 이메일로 전송해 드리면서 솔직한 의견을 물었었다. 물론, 나를 위로 격려해 주기 위한 말들이었겠지만 나의 판단과는 적잖이 달랐기에 용기를 내어서 작은 시집을 펴내기로 마음먹었다.

　몇 행 안 되는 짧은 시 한 편이 긴 장·단편에 해당하는 의미의 깊이와 무게를 지녀야 한다고 생각하며 습작해 왔는데, 여기에 실리는 내 작품들이 과연 그러한가를 생각하면 그만 부끄러워지고 마는 게 사실이다.

나름, 의미 깊은 문장을 짓되 그 문장에 흠결이 없도록 시어 선택과 토씨 하나하나에도 신경을 쓴다고 써왔고, 소리 내어서 읽을 때 호흡이 척척 맞아떨어지는 리듬감도 중요하게 여기었는데 이런 나의 평소 노력 결과가 실제로 독자의 눈에는 어떻게 비추어질지 모르겠다.

　부디, 편견 없이 일독하면서 한 편 한 편의 시에 깃든 심미감과 궁극적으로 지향하는 이상세계에 관한 공감이 있기를 기대하면서 훗날 이들 시를 놓고 허심탄회하게 대화 나누는 즐거운 시간이 주어지기를 바라마지 않는다.

-2020. 11. 30.

이 시 환

차례

제1부

제2부

제3부

차례

제6부

제1부

허공虛空에게 묻는다

칠보로 단장한 궁전이
이슬을 엮어서 지은
해와 달의 집만 하겠는가.

수레바퀴만한 황금 연꽃이
풀잎 끝에 매달린
작은 이슬방울 하나만 하겠는가.

-2020. 05. 28.

밝고 둥근 달을 바라보며

때깔 곱게 늙은 가을 호박도
둥글고 큼지막한 것을 바라보면
절로 기뻐지고
얼굴에 미소 피어나듯이
저 밝고 둥근 달을 바라보노라니
내 마음조차 넉넉해지고
한결 너그러워지네.

반듯하게 늙은, 이 호박처럼
밝고 둥근, 저 달덩이처럼
바라보는 것만으로도 흐뭇해지는
내 마음 둥글게 허공중에 띄워놓고 싶네.
그저 멀리서 바라만 보아도
모두의 얼굴에 너그러운 미소가 피어나는
내 마음 밝게 허공중에 걸어두고 싶네.

-2020. 10. 01.

하지감자를 삶아 먹으며

똑같은 하지감자라 해도
어느 곳 어느 땅에서 자랐느냐에 따라
그 맛이 이렇게도 다를 수가 있구나.

무안 양파와 함양 양파가 다르듯이
토양과 기후가 결정하는 자연환경에 따라서
그 맛과 향이 다른 게 참, 신비롭구나.

그렇구나. 정말로 그렇구나.
감자가 그렇고, 양파가 그러하듯이
우리 사람도 그러하다면 놀라운 일 아닌가.

일요일 낮 하지감자를 삶아 먹으며
나는 놀랍게도 나를 들여다보네.
내 성깔 내 모양은 어떻고, 내 마음결은 어떠한지.

-2020. 07. 26.

까마귀

까마귀는 나의 친구다.
그는 나처럼 아침 해가 솟아오르기 전
동녘 하늘 여명의 고요를 좋아한다.

나는 까마귀의 친구다.
커다란 황금알같이 힘들게 빠져나오는
눈부신, 붉은 태양의 아침을
나는 그처럼 좋아한다.

오늘도, 그는 흔들리는 나무 우듬지에서,
나는 산봉우리 바위 위에 서서,
얼굴을 내밀며 광채를 발산하는, 둥근
아침 해를 함께 지켜본다.

한결 가벼워진 몸으로 기분 좋게
내가 돌아서면
저 아래 계곡을 향해 날개를 펴고
시원스럽게 활공 선회하는 그다.

-2020. 10. 11.

나는 보았지

어느 날 나는 보았지,
태풍이 불어오매
큰 나무는 크게 흔들리고
작은 나무는 작게 흔들리는 것을.

어느 날 나는 보았지,
아무도 없는 산길에서
큰 나비는 큰 꽃에 내려앉고
아주 작은 나비는 아주 작은 꽃에 내려앉는 것을.

-2020. 06. 05.

계곡의 물 흐르는 소리 들으며

그대여, 멈추지 말고
이대로 흘러 흘러서 가시라.

가다 보면 부딪히고 넘어지고 깨어져서
천길 벼랑으로 떨어지겠지만

그래도 다시 하나가 되어 가시라.
한 몸이 되어 도도히 흘러가시라.

그대가 멈추면
내 숨결 끊어지고

내 숨결 끊어지면
그대 심장 멎는다.

그대여, 내 거친 숨결 올라타고서
미끄러지듯 흘러 흘러서 가시라.

-2020. 06. 01.

한 송이 연꽃 속에는

잔잔한 수면 위로 솟아오른
깨끗한 연꽃 한 송이,
막 벙글어지는 순간을 맞이한다.

바깥세상은 숨죽인 채 고요한데
사방을 경계하듯
바람의 손길이 엄중하고,
아침 햇살은 분주하게 물 위를 걷는다.

이내 커다란 연꽃잎이 벌어지며
그 속이 드러나 보이는데
갓난아기 누워서 짓는 해맑은 미소에는
검푸른 눈동자가 박혀 있다.

세상의 안팎이 온통
눈이 부시나.

-2019. 11. 26.

오늘 문득

대자연을 내 집의
정원쯤으로 여기고 살다 보니

가는 곳마다 산과 들에서는
전시 중인 분재(盆栽) 아닌 나무 없고

둥근 수반에 꽂힌
꽃꽂이 아닌 꽃 없네.

우주를 내 집의
정원쯤으로 여기고서 꿈을 꾸다 보니

오늘은 북한산도
화분 하나에 쏙 들어오고

바람에 날리는 벚꽃잎조차
밤하늘의 별이 되네.

-2020. 03. 31.

강아지풀

찬바람 부는 이른 아침부터
어디로 떠나가느냐?

햇살 눈부신 날에
나도 따라나서는데

구름 한 점 없는 하늘에선
낮달이 빙그레 웃는다.

-2019. 10. 08.

이심전심

꽃잎이 너무 붉어 나는 슬프다.
너의 일편단심 간절함 알겠다만
꽃잎이 너무 붉어 나는 슬프다.

내가 너처럼 살지 못함일까?
네가 나를, 나를 닮았음일까?
너를 통해서 바로 나를 보았음일까?

꽃잎이 너무 붉어 나는 슬프다.
너의 일편단심 간절함을 알겠다만
꽃잎이 너무 붉어 나는 슬프다.

외딴 섬에서

밤새도록 숨을 몰아쉬며
돌진해 오지만

끝내는 그 숨을 거두어
되돌아가는 파도.

그 몸살 그 몸부림으로
잠은 하얗게 부서졌건만

이른 아침 따뜻한 태양이
졸고 있는 알록제비꽃을 흔들어 깨우시네.

-2020. 05. 03.

개안開眼

태풍은 지나가고
사나흘 비가 더 내렸다.

이른 아침에 눈을 떠보니
동굴 밖 세상 구석구석이 눈부시다.

살아서 숨 쉬는 것들 하나하나가
기적이고 감동 아닌 게 없다.

-2019. 09. 11.

파안破顔

나는 보았네.
벚꽃처럼 흐드러지게 웃는
그 사내의 얼굴을.

나는 보았네.
벚꽃처럼 자지러지게 웃는
그 여인의 얼굴을.

나는 보았네.
벚꽃 같은 웃음을 피우며
맞잡은 저들의 손과 손을.

-2019. 11. 15.

제2부

그곳이 그립다

추운 겨울이 먼저 찾아오고
봄조차 더디게 오는 그곳, 그곳이 그립다.
여름이야 있는 둥 없는 둥 지나가 버리는
그곳에 바람은 또 얼마나 거친지
살아 숨 쉬는 생명마다 쓰디쓴 피가 흐른다.
커다란 바위 위에 올려진 돌과 돌에서도
척박한 토양 그 모서리에서도
그곳에 뿌리내린 민초들의 왜소한 몸에서도
한결같은 피가 진하게 흐른다.

멀리서 바라보아도 언제나 그대로인
장엄한 암봉(巖峯)이 신기하고 궁금해지곤 했었는데
구름에 가리어 있다가도 어느 날 문득,
창공에 전신을 드러내 놓기도 하는 그곳이야말로
내가 아침저녁으로 우러러보는
푸른 경전이었었다.

그곳에 가면 무엇이 있을까?
과연, 그곳은 어떻게 다다르며
그 속은 또 어떻게 생겼을까?
궁금증이 쌓여갈수록 나는 용기와 꾀를 내어서

두근거리는 심장으로 접근을 시도하지만
막상 그 앞에 당도하자 두려움에 물러서기를
몇 차례나 되풀이했던가.

마침내 애 닳는 노력에 감복한 탓일까.
어느 날 입경(入境)이 허락되어
그의 굳건한 성문을 열고 들어서던 날,
나는 너무 흥분되었고
나는 너무 긴장된 상태에서 조심조심
한 걸음 한 걸음 발걸음 옮겨
그곳 구석구석에 아로새겨 놓았었지.

그런 나를 바라보는
저들의 강렬한 눈빛과 마주칠 때마다
멈칫, 멈칫, 나도 모르게 뒷걸음질 쳤지.
그동안 내가 유리온실 속에서
너무나 안일하게 살아온 것만 같아
나는, 그곳에서 스스로 죄인이 되어
그들 앞에서 깨끗한 눈물을 보였다.

그런 나를 다시 허락한 오늘,
구절초가 바위에 기대어 환하게 웃고,

산부추꽃이 바람 속에서 폭죽을 터뜨린다.
산천이 노랗게 물이 오르기 시작하던 날,
때를 잊은 진달래가 수줍게 얼굴 내밀고,
저 홀로 불타는 단풍잎 하나
험준한 계곡에 매달려 있는데
그 눈빛에 그만 사로잡히고 말았네, 나는.

-2020. 10. 10.

파격破格

임이시여, 부디, 가지 마옵소서.
좋은 길 마다하고 왜, 그리 험한 길이옵니까.
너무너무 위험하나이다.

너무 걱정하지 말아요.
위험한 줄은 나도 알고 있소이다.
그러나 나는 가야겠소.

내가 아니면 누가 이 판국에 나서겠소?
만에 하나 가다가 잘못된다면
그것이 내 운명의 그릇인 줄 아시오.

길을 벗어나 길 아닌 길을 내어 가는 것이
지금 이 순간, 내가 해야 할 일이라 생각하오.
그러니 너무 슬퍼하진 말아요.

-2020. 08. 14.

불면不眠

밤은 하얗게 표백(漂白)되고
잠조차 증발(蒸發)되어 바닥을 드러내는 사이
나의 심장만 조금씩 말라가는 게 보인다.

밤새워 애써 밀어낸
핏덩이 같은 나의 꽃은
어디에 있는지 보이질 않고

밤새워 헤매느라
어지러웠을 나의 발자국만
황량한 사막 위에서 풍화(風化)되어 가네.

-2020. 05. 09.

사랑이라 말하지 않으련다

마시고 또 마셔도
가시지 않는 갈증의 가시여,
너를 두고 사랑이라 말하지 않으련다.

때로는 나란히 누워 같이 숨을 쉬다가도
때로는 나란히 누워서 같이 숨을 멈추고 싶은
너를 두고 사랑이라 말하지 않으련다.

멀어지면 멀어질수록 간절해지고
가까워지면 가까워질수록 고개를 드는 갈증이여,
너를 두고 사랑이라 말하지 않으련다.

-2019. 09. 17.

꽃과 사람, 혹은 사람과 꽃

종종 산길을 걸으며
나는 크고 작은 꽃들을 본다.

내가 보는 꽃들 속에는
놀랍게도 사람들의 표정이 있다.

나는 그 꽃을 보면서
사람의 마음과 표정을 읽고
그 사람의 파란만장한 역사를 읽는다.

종종 도심을 걸으며
나는 사람들의 얼굴을 쳐다본다.

내가 보는 사람들 표정에서도
산길에서 보았던 그 꽃들이 피어있다.

나는 사람의 얼굴을 보면서도
꽃들의 표정과 마음을 읽고
그 피고 지는 생명의 불길을 읽는다.

-2020. 04. 04.

승무 僧舞

세상사 바쁘게 돌아가는데
엿가락처럼 축축 늘어져서 되겠는가.
그런 걱정일랑 하지를 마소.
내 두 팔 벌리면 독수리 날개가 되고
큰 북 두드리면 요란하게 천둥 번개 치듯
비호(飛虎)가 날아든다.

그러잖아도 세상사 우울한데
근심 걱정 다 짊어진 듯 그리 심각해서야 되겠는가.
그런 걱정일랑 하지를 마소.
가슴 내밀며 하늘 우러러 부끄럼 없이 원을 그리고
덩실덩실 어깨 출렁이며 이내 두 팔을 흔들면
함박눈이 쏟아지듯 즐겁구나.

눈을 씻고 보아도,
하늘에서 내려오는 천사 같다가도
검은 대지 위로 벙그는 하얀 연꽃 송이 같고요.
눈을 씻고 다시 보아도,
작은 버선코에 사자(獅子)가 엎드려 있고
느린 발걸음에도 눈보라가 휘몰아친다.

-2020. 08. 23.

40

그녀의 충고

금강석처럼 단단하게 살고 싶다던
그녀가 내게 조심스레 말했다.
"팬티의 늘어진 고무줄 같은 시 그만 쓰고
초심으로 돌아가 탄력 있는 시를 쓰라"고.

'시에서의 탄력이 무엇이냐?'라고 묻고 싶었으나
묻기도 전에 그녀가 말했다.
"심하게 변비 걸린
남자의 똥 같은 시를 쓰라"고.

돌이켜보면, 아무런 맛이 없는 물처럼,
물에 넣으면 곧 풀어져 버릴 흙덩이처럼 살아온
나는 평생 시를 쓴다고 써왔으나
돌연, 앞이 캄캄해졌다.

먹구름이 몰려오고 천둥 번개 치는 가을날,
'팬티의 늘어진 고무줄 같은 시'는 무엇이고,
'심하게 변비 걸린 남자의 똥 같은 시'는 또 무엇인지,
짐작은 가나 그 길 보이지 않았다.

그래서 나는 그녀의 시부터 몰래몰래 읽었다.

소위, 잘 나간다는 시인들의 시도 읽었다.
하지만 내가 어리석은 탓인지 고개를 가로저었다.
시는 그저 내 눈과 내 그릇 속에 담기는
내 삶의 내 진실일 뿐.

-2019. 09. 10.

기다림

오신다는 임은 아니 오시고
어이하여 감감무소식에
세상이 온통 박속처럼 고요한가.

멀고도 험한 길 오시다가
부득불 발길 돌리셨는가.
도중에 지쳐 자진하셨는가.

오신다는 임은 아니 오시고
어이하여 감감무소식에
세상이 온통 박속처럼 고요한가.

-2020. 09. 05.

폭설이 내리던 날 밤

밤낮을 모르고 사는 사람들도
지쳐 잠들고
숲속의 멧돼지도
코를 고는 사이
함박눈이 소리 없이
펑펑 쏟아진다.

유리창 밖이 훤해
잠결에 눈을 떠 보니
바깥세상이 온통 하얗다.
순백의 고요가 드리워져 있고
백지 위를 기어가는 개미 한 마리
길을 잃고 제자릴 맴돈다.

-2020. 02. 16.

제3부

물의 집에 누워

깊은 산 계곡에 단단한 물방울로 오두막을 짓고, 여
장을 풀어 고단한 내 몸을 뉘었네. 소금에 절인 전어
두 마리와 새우 네 마리를 구워 먹고 초저녁부터 잠에
곤히 떨어졌지. 얼마나 잤을까? 때아닌 빗소리에 놀라
일어나서 창문을 열어 밖을 보니 휘영청 밝은 달이 떠
있고, 바람결에 흔들리는 나무 그림자 위로 계곡의 물
흐르는 소리만 요란하네. 아, 내가 또 속았구나. 날이
새려면 더 긴 시간을 자야기에 도로 자리에 누워 눈을
감았으나 오두막은 종이배처럼 흐르는 물살에 둥둥 떠
내려가며 삐거덕거리더니 이내 온전히 부서지고 무너
져 내리네. 텅 빈 그 자리에 나의 눈빛만 덩그러니 남
아 물가에 단풍나무 잎으로 붉디붉게 물들어 가네.

-2020. 09. 20.

보름달

이게 뉘신가.
잠든 내 초라한 모습을
내내 지켜보고 있었구려.

아니, 좀 더 일찍 깨우지 않으시고
임이시여, 그대 맑은 얼굴에
눈빛이 하도 고와

눈을 뜨자 내 근심 걱정
이슬이 지고 눈송이 녹듯
다 사라져버리네요.

-2020. 09. 30.

산철쭉 연가

산비탈 외진 곳에서
우연히 만난 연분홍 철쭉
저 홀로 만개한 모습 황홀하구나.
비록, 빼어난 미모는 아니다만
살결 뽀얗고 말쑥한 얼굴에 그 눈빛이
이른 아침부터 내 마음 다 흔들어 놓는
산중의 누님 같은 꽃이여,
오늘은 어디쯤에서
살포시 분단장하고 기다리려나.
내 두근거리는 가슴으로
그리움의 바다 위를 첨벙첨벙
맨발로 걸어가련다.

-2020. 04. 25.

비 내리는 날 소리 숲에 갇히어

바깥세상은 비가 내립니다.
비 내리는 소리가 울창한 숲을 이룹니다.
나는 그 숲속으로 난 길을 걷습니다.
이따금 바람도 붑니다.
나는 이미 온몸이 다 젖었습니다.
조금 더 가면 오돌오돌 한기가 들지도 모르겠습니다.
바람이 점점 거칠어집니다.
숲속의 키 큰 나무들도 바람결에 맞추어 휘어지며
굵은 빗방울을 쏟아놓습니다.
여기 높은 곳에서 바라보니 많은 곳이 물에 잠겼습니다.
내가 사는 동네 교회 첨탑도 온전히 잠기어 버려 보이지
않습니다.
그런데 세상은 너무너무 조용합니다.
나는 언제나 이 숲에서 빠져나갈지 모르겠습니다.
어쩌면, 거짓말처럼 비가 그치고 맑은 햇살이 쏟아지는 날,
하늘과 땅을 잇는 쌍무지개 미끄럼을 타고서
저 초원으로 내려갈지도 모르겠습니다.

-2020. 07. 19.

50

시인과 무당 그리고 나

　어둠이 싫다. 난 저 어두운 곳에 틀어박혀서 상상력을 이리저리 찢어놓는, 일견 그럴듯해 보이는, 아니, 우중충한, 아니, 상처투성인 시인이 되고 싶지 않다. 저들은 진흙을 옥구슬처럼 꿰어 목에 거는 자들이다. 저들은 자신을 그렇게 죽임으로써 훈장을 받는 말장난을 즐긴다. 정신이상자의 중얼거림을 토해놓으면서 멀쩡한 사람들의 시선 끌기를 바라지만 난 싫다. 저 어두운 곳에 웅크리고 앉아서 세상 사람들이 보지 못하는 귀신을 보는, 칙칙한 무당도 되고 싶지 않다. 귀신은 왜 어두운 곳을 좋아하는가. 있다면 밝은 데로 나와라. 이미 어둠은 어둠이 아니다. 어둠은 저들이 짜놓은 올가미일 뿐이다. 그러니 어둠을 풀어놓아 어둠을 어둠으로 머물게 하라. 그렇지 않다면 나는 늘 밝은 쪽에 앉아 저들의 저항하는 어둠의 목을 짓밟고 있을 것이다. 포근하고 아늑한 진짜 어둠 속에서 편히 눕고 싶기 때문이다. 어둠 없인 난 못산다. 그렇다고, 어둠을 위해 살지도 않는다. 이것이 내가 늘 햇빛 위에 걸터앉아 수련처럼 꾸벅꾸벅 졸고 있는 이유다.

-2020. 07. 05.

어느 해 겨울을 배웅하며

겨울을 배웅하러
백운대에 올랐네.

강직한 아버지를 닮았더라면 좋았으련만
섬약한 어머니를 닮은 겨울이 떠난다기에

나는 서둘러
백운대에 올랐네.

내 곁을 떠나야 하는
그대 한없이 섧다지만

그대를 보내는
내 마음도 아쉽기는 마찬가지라네.

그렇게 급히 떠나시려거든
뒤도 돌아보지 마라.

눈시울을 붉히는
나 또한 그대를 애써 지우련다.

-2020. 02. 20.

가자미 웃음

뜨거운 햇살 쏟아지는 날,
시원한 바람이 백사장의 먼지를 일으키는
무창포 바닷가 어느 바지락 칼국수 집에 들어가
차림표를 보며 아들이 묻는다.
"가자미가 어떻게 생겼지요?"
그러자 쪼그려 앉아서 바쁘게 일하던 주인 양반이
"바깥 수족관에서 웃고 있는 녀석입니다.
직접 가서 보시지요" 한다.

아들은 고개를 갸우뚱거리며 밖으로 나가
수족관 밑바닥에 배를 깔고 있는,
홍어보다는 작고 색깔도 연하면서
꼬리가 길어 보이는 가자미를 확인하고서
식탁으로 돌아와
바지락 칼국수 삼 인분에 가자미회 무침을 주문한다.

"수족관의 가자미를 보았는가?
가자미가 정말로 웃고 있던가?"
내가 아들에게 물으니
아들이 대답하길 "아니요. 웃지 않던데요"했다.
이 말을 들은 주인 양반, 하던 일을 계속하면서

"오늘은 기분이 좋지 않은 모양입니다.
그 녀석들은 늘 잘 웃거든요" 한다.

"오늘은 주인 양반이 진짜 시를 쓰고
내가 그 시를 완상(玩賞)하는구나"라고
중얼거리듯 말하면서
나는 가자미회 무침을 맛보는데
문득 한 생각이 뭉게구름처럼 햇살을 받아 빛난다.
'그래. 그것이 무엇이든 가까이 자주 들여다보면
숨겨져 있어 잘 보이지 않던 것들까지도
드러나 보이는 법이지.'

오늘은 지나가는 길에 잠시 들른
무창포 바닷가 어느 바지락 칼국수 집 주인 양반이
가자미의 웃음을 읽는
생활 속 진짜 시인임을 확인했네그려.

-2020. 07. 08.

제4부

돌아가신 아버지를 생각하며·1

"아버지, 지금 밖에는 함박눈이
펑펑 쏟아지고 있어요!"

다소 상기된 목소리로 내가 말하지만
아버지는 전혀 반응을 보이지 않는다.

"아버지, 지금 밖에 꽃들이 많이 피었어요!
잠시 바람 쐬러 나가 볼까요?"

창문을 열어 보이며 내가 말하지만
아버지는 도무지 흥미를 보이지 않는다.

의욕은 많은 근심 걱정과 즐거움을 안겨주지만
그것이 없음은 죽음을 재촉한다고 생각하니

아버지가 측은해 보인다.
인생의 끝자락은 다 이런 것일까.

-2020. 10. 17.

돌아가신 아버지를 생각하며·2

아버지는 치매 환자였다.
하지만 마지막 결단을 내리신 것 같다.
그것은 입을 열지 않는 일.
내가 숟가락에 죽을 조금 떠서 입가에 갖다 대면
오히려 위아래 입술에 힘을 주었고,
급기야는 고개를 가로저었다.

그러자 아버지는 홀로 일어나지도 못한 채
침대에 붙박여 누워있게 되고
그런 아버지 손을 꼭 잡고 말을 해도
무표정에 가까웠다.
가끔, 눈을 떠 나의 얼굴을 바라보기도 했지만
끝내는 그 가벼운 눈꺼풀조차 들어 올리지 못했다.

스스로 입을 열어 말하지는 못하지만
나의 말은 알아듣는 것 같아
내가 일방적으로 말을 많이 하는 편이지만
아버지는 입을 닫았고 눈조차 닫음으로써
죽음에 더 바짝 다가서는 것 같았다.
사람이 살고 죽는 일은 '자연'에 맡기자면서도
내 마음은 조바심이 났다.

-2020. 10. 17.

돌아가신 아버지를 생각하며·3

아버지가 2년째 머물던 요양원
원장으로부터 전화가 걸려왔다.
곧 돌아가실 것 같다면서
가족이 임종을 지켜보는 게 좋겠다며
평소 계시던 방에서 특별실로 아버지를 옮겨 놓았다고 했다.
그날 밤, 자식들이 몰려와 하룻밤을 온전히 새며
아버지를 곁에서 지켜보았다.
심장도 뛰고, 거칠지만 숨을 쉬고 계셨다.
나는 여전히 눈을 감고 말이 없는
아버지 손을 꼭 잡고 있으면서
아직은 살아있는 아버지의 온기를 느꼈다.
아들딸 할 것 없이 돌아가며
그렇게 아버지의 손을 붙잡아 드렸다.
무언가 중얼거리며 기도하는 이도 있었다.

-2020. 10. 17.

돌아가신 아버지를 생각하며·4

요양원 측의 예단(豫斷)과는 달리
다음날 오전까지도 아버지는 그렇게 살아계셨다.
순간적으로 나는, 노력하면 더 사시게 할 수도 있는데
내가 외면방치하여 죽게 하는 것은 아닌가 하는,
불길한 생각이 들었다.
하여, 잠시 갈등했지만
병원으로 옮겨 응급실에서 중환자실을 거쳐
일반병실로 내려와 입원하게 되었고,
자식들은 또 불안한 마음으로 병원을 찾았다.

병실에 누워있는 동안,
아버지는 눈을 조금 떴고,
나의 눈과도 짧게 마주쳤지만
이내 눈을 감아버리고 말았다.
하지만 나를 피한 아버지의 그 눈빛이
내 마음을 오랫동안 괴롭게 했다.
꼭 나를 원망하는 것 같았기 때문이다.
어쩌면, 아버지는 죽음에 이르고자
당신의 영적 에너지를 집중했는데
아들인 내가 번번이 방해했는지도 모를 일이다.

아버지는 입을 열어 말하지는 못했지만
조금씩 좋아지는 것만은 틀림없어 보였다.
밤에는 간병인이 자리를 지켜주었는데
간밤에 아버지가, 일어나, 말도 하고, 노래까지 불렀다며,
거짓말 같은 소식을 전해주었다.
이날 담당 의사도 같은 얘기를 하며
향후 시술 일정을 말해 주었다.
"음식을 삼키지 못하므로
영양제가 위(胃)로 바로 들어갈 수 있도록
구멍을 내어 호스를 끼우면
요양원으로 퇴원할 수도 있다"라고 말이다.

다행인지 불행인지 알 수 없는 일인데
그 순간, 나는 기쁜 일이라고 느끼며
아버지 자식들에게 일제히 소식을 전했다.

-2020. 10. 18.

돌아가신 아버지를 생각하며·5

조금은 더 사실 수 있겠구나 싶었던
기쁨도 잠시, 하루아침에 상태가 악화되었다며
돌연 일인 병실로 아버지를 옮겨 놓았다.

이제는 정말로 오늘내일하시니
가족들은 마음의 준비를 하라고도 했다.
그래서 자식들은 아버지 곁을 지켰다.
하지만 그 시간이 의외로 길어져
사흘을 더 넘겼다.

간호사도 의사도 수시로 확인했지만
조금은 특이하다며 경험치로 보아
이러다가도 갑자기 돌아가실 수 있다고도 했다.

나는 병실을 지키며
따듯한 물수건으로 아버지의 얼굴과 손발과 몸을 닦아드리고,
추운 듯싶으면 이불을 잘 덮어드렸다.
그리고 평소 즐겨 부르던 찬송가를 들려주며
곁에서 지켜보는 일이 내가 할 수 있는 일의 전부였다.

그날, 일과가 끝나는 시간에 맞추어

가까운 친구 둘이서 부인들과 함께 병실을 방문했다.
나와 집사람을 위로한다며 저녁 식사를 같이하기 위해서였다.
우리는 간호사에게 부탁하고 잠시 밖으로 몰려나갔다.

인근 식당 식탁 앞에 앉아 막 음식을 먹으려는데
간호사로부터 전화가 걸려왔다.
아버지 상태가 이상하다며 빨리 들어오라는 것이었다.
부득불, 나만 먼저 병실로 뛰어 돌아왔으나
병실은 그대로인데 이미 아버지 숨소리가 들리지 않았다.
순간, 방안에 드리운 '적막'이란 그림자가 보였다.
무거운 침묵이 내려앉았고, 나까지 내리누르는 것 같았다.
숨소리가 있고 없음의 차이가 이런 것일까?
나는 아버지의 얼굴을 빤히 바라보았다.

-2020. 10. 18.

돌아가신 아버지를 생각하며·6

아니, 내내 잘 계시다가
내가 잠시 자리를 비운 틈을 타 숨을 거두시다니…
왜, 그랬을까? 왜, 그랬을까?
아버지도 자식의 온기와 인기척이 사라지자
갑자기 드리우는 적막의 무게에 짓눌려 그만
생명의 끈을 놓아버린 것은 아닐까?
도무지 이해가 되지 않았다.
나는 오랫동안 그 이유를 생각했다.
그러나 알 수 없었다.
지금까지도 형제들에겐 말하지 못한 부분이다.

여하튼, 간호사는 퇴근한 의사에게 전화를 걸었고,
의사는 뒤늦게 병실로 돌아와
아버지의 앞가슴과 등 이곳저곳에 청진기를 대어보고는
'사망하셨습니다'라는 최후 진단을 내렸다.

-2020. 10. 18.

돌아가신 아버지를 생각하며·7

귀에 익은 아버지의 거친 숨소리는 사라졌고,
더는 심장박동이 없는 아버지의 얼굴을 바라보았다.
순간 정지된 시간의 아버지 얼굴은
다행스럽게도 무척 편안해 보였고,
비록, 늙어서 죽은 몸이었지만 윤기가 감돌았다.
조금만 과장하면 광채가 났다고 말해야 옳다.
살아있는 사람보다도 얼굴이 깨끗하고 맑아 보이는
아버지 얼굴을 바라보며 집사람도
'처음 본다'라고 말했다.
정말이지, 이상하리만큼 깨끗하고 편안해 보였다.
바라보는 내 마음도 가벼워졌다.
추한 육신의 짐을 벗었으니 한결 가벼워졌을 것이고
내가 다 알지 못하는 아버지만의 역사가 끝이 났으니
더는 긴장할 이유가 없었는지도 모를 일이다.

한 사람의 목숨이 이렇게 끝이 났구나.
아버지의 시간은 이렇게 정지되었구나.
이제 남은 일이란 산 사람의 몫,
절차에 따라 장례를 치르는 일뿐이다.

젊은 간호사는

아버지 몸에 부착된 기계적 장치들을 분리하고
나와 함께 환자복을 벗기고 미리 준비해둔
임시 수의로 갈아입혔다.

아버지는 아들 친구 두 가족이 지켜보는 가운데
들것에 실려 고향 땅 가까운 장례식장으로 옮겨졌다.

장례 후 아버지의 영현[유골]은
전북 임실 호국원에 모셔졌다.
아버지와 달리 먼저, 허망하게, 돌아가신
어머니와 함께 나란히.

-2020. 10. 18.

돌아가신 아버지를 생각하며·8

천국을 굳게 믿었던 어머니,
반신반의했던 아버지,
천국과 영생을 말하면 그저 웃고 마는 나,

나는 '절대 평등'이라는 말을 좋아한다.
살아서는 맛볼 수 없지만
죽어서 가는 그곳이 바로 절대 평등세계이다.

그곳은 아무것도 없음이다.
그래서 분별이 없고 차별이 없다.
그래서 나는 하루하루가 소중하며
그것으로 만족한다.

아버지, 어머니,
이렇게 말하는 저를
나무라지는 않으시겠지요?

-2020. 10. 20.

제5부

깊어가는 수심

무심코 내가 버린 비닐봉지가
지구 반대편에서는 검은 새처럼 하늘을 날고
반짝거리는 플라스틱 물컵은
은빛 물고기 떼처럼 바다 위를 떠다니네.

어느 날 죽은 고래 뱃속에서
플라스틱 컵 백열다섯 개와 슬리퍼 종이컵 등
쉬이 썩지 않는 쓰레기가 무더기로 쏟아져 나왔다는
경악스러운 소식이 지상에 파다하게 퍼지고,

바닷가에는 없던 쓰레기 섬들이 생겨나며
대기 중에는 초미세먼지가 유령처럼 떠다니고
물속으로는 방사성물질과 갖가지 위험물질들이 녹아들어서
한통속이 된 세상은 정체불명의 괴물들을 키우고 있다.

그물이나 통발에 걸려든 물고기의 운명처럼
우리는 편리하고 달콤한 문명이란 사슬에 갇히어 살면서
영문도 모르는 채 점점 굳어가는 허파를 걱정하고
언제 박동을 멈출까 저울질하는 심장에 압박을 가하고 있다.

-2019. 09. 25.

나의 우울한 그림

분명, 구름은 아니나 운해처럼
서울 상공을 뒤덮고 있는 미세먼지와 안개
얇은 비단이불처럼 겹겹이 드리워져 있다.

밖으로 나와 위에서 내려다보니
영락없는 초대형 수족관!
그 수족관에 갇혀 살면서
갇힌 줄 모른 채 노래 부르는 어족들!

위엄이랍시고 제법 큰 몸집으로
여유를 부리면서 너스레를 떠는 녀석도 있고,
힘세고 교활한 놈 꽁무니를 졸래졸래 따라다니며
먹고사는 조무래기들도 있으며,
화려한 색깔과 무늬로 치장하거나
기이하게 생긴 모양새를 앞세워
갖은 폼을 다 재는,
같이 놀기에는 부담스러운 녀석들도 있다.

다들 수족관 안에서
얼마간의 자유를 누리며
저마다 꿈을 가꾸기 위해서 분주하게

허리를 휘고 손발을 움직이는 숨바꼭질!
각본을 들고 진지하게 연출 열연하듯
열심히 살아들 가기에 여념이 없다.

그런 와중에서도 이불 속에서는
가래 끓는 기침 소리가 새어 나오고,
눈을 부릅뜬 채 수면 위로 떠올라
숨을 헐떡이는 녀석들도 보이며,
다급함을 알리는 구급 차량의 경적이
시도 때도 없이 빗금을 그어댄다.

-2019. 12. 25.

자업자득

허허, 재갈을 물리듯
사람마다 입을 틀어막는구나.
그동안 이놈의 입으로써
얼마나 많이, 얼마나 잘 먹어댔었나.
이놈의 입으로써 얼마나 많은 이들에게
비수를 꽂고 깊은 상처 안겨주었나.

허허, 사람과 사람 사이를
마구 벌려놓고 떼어놓는구나.
그동안 생육하고 번성하여
이 땅 가득 충만해지면서 오만불손해진 탓일까.
도무지 사람이 사람을
그리워할 수 없는 지경이 되었구나.

한낱, 미진(微塵)에 불과한 바이러스가
그런 사람들의 입을 닫게 하면서
쥐락펴락 세상을 바꾸어놓는구나.

허허, 그동안 내 입장에서만 생각하고,
내 중심으로만 살아온 죗값으로
마침내 바이러스의 반격을 받아 분투 중이네그려.

-2020. 06. 21.

코로나 바이러스19에게

만물에 숨결을 불어넣는 태양의
불길의 불꽃을 흉내 내는가.

흉내를 내려거든
두루두루 유정(有情)을 이롭게 해야지

노약자를 기습하여
꼭 죽음에 이르게 해야겠는가.

자비로운 부처님 같으면
원대한 광명으로써 그대를 감동시켜

그대 교활한 마음, 독화살을 녹여내겠지만
부처님이 아니 계시니 안타깝구나.

이기적인 인간의 마음에도 문제가 많거늘
그렇다고 심장에 비수를 박는 코로라 바이러스19여,

순순히 물러나거라.
알아서 물러나거라.

태양보다 더 밝고, 달무리보다 더 큰
위덕(威德)의 자비로운 광명이 나가신다.

-2020. 04. 18.

코로나 바이러스19와의 전쟁

구석구석 지구촌을 휩쓸고 다니는
코로나 바이러스19여,
너는 소리 없이 움직이고
사람 눈에 띄지도 않는다만
네가 들쑤시고 다니는 골목마다
두려움과 긴장과 비명과 주검이 넘쳐나는
전쟁터를 방불케 하는구나.

코로나 바이러스19여,
너는 사람도 신분도 가리지 않고
국경도 종교도 초월하며
선악도 시비조차 가리지 않는구나.
차별하지 않고 분별하지도 않으니
그 큰마음 대자대비를 넘어 가혹하기까지 하다만
평등하다는 점에서는 깨끗하구나.

진군하라! 진군하라!
나를 죽이려는 적 앞에선 맞서 싸워야 하고
싸워 이기려면 발붙일 곳을 선점하라.
그곳에 독극물을 살포해서라도 침투해 오는 적을 박멸하라.
나의 폐가 점령당해 녹아내리든가

너의 갑옷이 뚫려 심장이 산산 조각나든지
우리 한판 붙어보자! 붙어보자!

삶의 터전은 폐허가 되고
곳곳에 널브러진 잔해와 주검들이 처참하다.
살아남은 자들은 하나둘 고개를 들어
역사를 고쳐 쓰며
이렇게라도 비극을 끝내주어 고맙다고,
감사하다고 천지 사방을 향해
고개 숙이며 인사하겠지.

생명은 본시 더러운 욕(欲)이고
생명은 깨끗한 창(槍)이다.
인간만이 생명의 주인이 아니며
인간만이 전쟁의 승자도 아니다.
태풍이 지나가면 하늘이 더없이 청명해지듯이
한바탕 전쟁 치른 지구촌에 겸손이 피어나리라.
퇴각하는 바이러스 앞에서.

-2020. 03. 29.

코로나 바이러스19에게·2

너도 가는 길이야 있겠지.
살며시 물이 스미어들 듯이
보이지 않게 악취가 퍼져나가듯이
너에게도 살아가는 길이야 있겠지.
네가 가는 그 길에 철조망을 치고
독극물을 뿌려 놓아도
너는 주저하지 않고 가겠지.
가다가 죽을망정
가는 데까지 가서 척 달라붙겠지.
그것이 네 생명의 길이니까.

그런 너와 내가
외나무다리에서 만나지는 말아야 하는데
어찌 내 마음대로 되겠는가.
우리 피할 수 없는 숙명적인 관계나번
죽기 아니면 살기로 싸울 수밖에 없고
결투를 벌였으면
피차 이겨야 하는 것 아니겠는가.
네가 네 길을 가듯이
나도 내 길을 간다.
이것이 내 생명의 길이니까.

-2020. 03. 20.

코로나 바이러스19 대유행 파도를 타며

코로나 바이러스19 앞에서
전지전능한 신(神)조차 구겨진 종잇장이 되고
사람들은 그놈의 마스크 한 장 앞에서
추한 속을 다 드러내 보이는 우울한 시절,

태풍이나 쓰나미는 요란스럽게
우리의 소중한 것들을 일거에 휩쓸어가지만
이놈은 소리도 없이 은밀하게 다가와
다소곳이 머물다가는 데에도
무참히 짓밟히고 뿌리채 뽑히어버린 듯
곳곳에서 신음하며 시들시들 죽어가는
이들의 눈빛이 서럽고 애처롭게 밟히는구나.

강자에겐 약하고 약자에겐 강한
이 비겁하고 교활한 녀석이여,
너로 인하여 지구촌이 온통 난리법석이다만
다행히 너는 선악을 구분하지 않는구려.
그런 너의 보이지 않는 검은 손을
세상 사람들은 심히 두려워하지만
내 눈에는 그 분주한 움직임이 다 보인다.

그러나 때가 되면 너도
쇠락하여 물러나게 마련
너로 인해 시련을 딛고 일어난
새싹들은 더욱 강해져 있을 것이고,
너로 인해 고통을 감내하다 희생당한
풀 같은 백성들을 기르는
대지는 더욱 깨끗해져 있으리라.

-2020. 03. 16.

빗소리에 잠을 설치고

요란한 빗소리에 놀라
눈을 떠 보니
새벽 두 시를 막 넘어서고 있다.
엊그제 장맛비는
산천 곳곳에 깊은 생채기를 남기며
사람들의 애간장을 얼마나 녹였던가.
소들이 지붕 위에 올라가 있지를 않나,
평화롭던 시골 마을이 통째로 물에 잠겨서
커다란 호수 가운데 떠 있는 새떼처럼 변해버렸지.
도심의 주차된 차들은 물에 잠기고
산비탈의 집들은 산사태로 휩쓸려버리고
비닐하우스나 전답은 초토화되어버렸지.
그놈의 폭우로,
곳곳에서 끊기고, 무너지고, 침수되고, 휩쓸리면서
하루아침에 얼마나 많은 재산피해가 났으며,
얼마나 많은 인명이 희생되었던가.
아직도 그 상처 아물지 못한 채
그 충격에서 벗어나지 못했는데
밤낮을 가리지 않고 내리는 소나기에
또 다가오는 태풍이라니
안 그래도 코로나 바이러스19 때문에

죽을 맛인데 죽어라 죽어라 하는구나.
애써 눈을 감아도 보지만
내가 누워있는 아파트 작은 방조차
급물살에 둥둥 떠내려가는 것만 같아
엎치락뒤치락 잠을 설치다가 날이 밝아
나는 다람쥐처럼 동굴 밖으로 나와 두리번거리네.

-2020. 08. 30.

제6부

부처와 나

부처는, 환생 윤회를 믿었다. 그 '윤회가 무엇인가?'라고 누군가가 내게 물으면 나는 이렇게 대답한다. '아버지가 죽어서 아들 집의 개로 사는 것이다'라고. 그러나 나는 믿지 않는다.

부처는, 인과응보를 믿었다. 그 '인과응보가 무엇인가?'라고 누군가가 내게 물으면 나는 이렇게 대답한다. '목숨을 구해준 은혜를 저버리고 원수로 대하는 순간, 그의 팔이 그만 땅으로 뚝 떨어지고 마는 것이다'라고. 그러나 그것은 희망 사항일 뿐 믿을 수는 없다.

부처는, 인생이 고(苦)임을 아주 단단히 믿었다. 정말로 '인생이 고인가?'라고 누군가가 내게 물으면 나는 이렇게 대답한다. '인생이 고(苦)라면 즐거움을 내장한 고(苦)요, 인생이 낙(樂)이라면 고를 내장한 낙(樂)이다'라고 말이다.

부처는, 윤회의 사슬을 끊을 수도 있다고 믿었다. 그의 윤회 끊는 방법은 의외로 간단하다. 곧, 계정혜(戒定慧) 수행으로써 더는 할 일이 없을 정도로 신업(善業)을 쌓고, '나는 없다, 내 것도 없다'라는 점을 굳게 믿고,

언제 어디에서 그 무엇으로도 다시 태어나고 싶지 않다는 결기를 내면 된다. 이렇게 윤회의 사슬을 끊어 버리는 죽음을 '무여열반(無餘涅槃)'이라고 하는데 누군가가 '정말이냐?'고 내게 묻는다면 나는 이렇게 대답한다. '없는 윤회를 만들어내기도 했는데 그것을 버리기야 못하겠는가'라고 말이다.

이처럼 부처와 나는 생각이 다르다. 그래서 내가 부처 될 수 없듯이 뛰어난 신통력을 지녔다는 부처도 내가 될 수 없으리라.

-2020. 07. 11.

나무, 부처 되다

코로나 바이러스19가 대유행하는 상황에서 감염된 한 젊은이가 깊은 산속 아주 우람한 나무에 올라가 쉬다가 향기가 하도 좋아서 무성하게 매달린 나뭇잎 몇 장을 따가지고 와 집에서 차를 끓여 마셨다. 그 뒤, 그는 거짓말처럼 모든 증상이 없어지고 깨끗하게 나았다. 그 사람은 스스로 놀라 그 나무를 가리켜 그냥 '약나무'라고 불렀다. 그런 소문이 사람들 입에서 입으로 널리 퍼지자 세상 사람들은 그 나무를 찾아 잎을 구하려고 모두가 혈안이 되었다. 하지만 그 나무는 오직 한 그루밖에 없었을 뿐 아니라 너무나 깊은 산속에 있었기에 찾아 접근하기조차 쉽지가 않았다. 하루 이틀이 지나고 아니, 한 달 두 달 시일이 흐를수록 사람들은 곳곳에서 죽어 나갔다. 심지어 그 가족들은 장례조차 제대로 치를 수 없었다.

이런 안타까운 현실이 계속되자 그 나무가 스스로 결단을 내리고 깊은 산속에서 도심으로 걸어 나와 사람이 제일 많이 몰리는 광장 한가운데에 자리를 잡았다. 도심 사람들은 어느 날 갑자기 나타난 한 그루의 나무에 놀라며, 우르르 몰려나와 수군수군대더니 너도 나도 할 것 없이 경쟁적으로 올라가 그 나뭇잎을 따기 시작했다. 그 큰 나무에 단 한 장의 나뭇잎도 붙어있지 않게 되었다. 심지어는 잎이 없는 가지와 작은 줄기까지도 마구 잘라갔다. 잎을 구하지 못한 사람들은 몰골까지 이상하게 변해버린, 처음 보는 나무를 바라보며 억울해하며 혀를 차기도 했다.

그렇게 여름이 가고, 가을과 겨울도 지나갔다. 그리고 다시 봄이 왔다. 포근한 햇살을 받는, 볼품 사나운 나무에도 다시 새잎이 돋아나고 새 줄기가 나오기 시작했다. 게다가, 메마른 땅을 촉촉이 적셔주는 봄비도 부족하지 않게 내렸다. 새로 돋아난 작은 나뭇잎들은 점점 커지면서 푸르러 갔고, 어린 가지도 점차 자라나 무성해져 갔다.

머지않아 세상 사람들이 기다렸다는 듯 또 몰려올 것이다. 그러나 나무는 그들을 미워하거나 나무라지 않는다. 설령, 죽어서 다시 태어난다고 해도 '약나무'로 그 자리를 지킬 것이다. 아니, 영영 죽어서 다시 살아나지 못하더라도 그 나무는 사람들을 원망하지 않을 것이다.

그렇게 두 해를 넘기고, 또 두 해를 넘긴 나무는 마

침내 한 점의 살점도 없이 사라졌지만, 그 잎과 가지와 줄기와 뿌리로써 차를 끓여 마시고 무서운 감염병으로부터 자유로워진 사람들이 광장으로 몰려나와 그 나무에 감사하며 눈물까지 흘리면서 그 나무가 서 있던 자리에 기념비 하나를 세웠다. 그리고 그 주변에서 간절히 기도하곤 한다.

-2020. 07. 02.

_____

*어느 스님이 내게 '대승(大乘)이 무엇이냐?'고 물어서 나는 새벽 3시 반에 일어나 이 글을 썼다. 큰 수레바퀴를 굴리는, 말 없는, 보이지도 않는, 부처가 되기 위해서 '보살도(菩薩道)'를 닦는 사람들을 생각하면서 말이다.

어느 노_老 시인이 보낸 시집 한 권의 의미

나는 시집 따위를 가까운 지인들에게조차 우편으로 보내주지 않은 지 오래되었는데 오늘 문득 한 권의 책이 우편으로 내게 배달되어왔다. 그것도 '이쪽이냐 저쪽이냐'를 늘 강요받는 불편한 시절, 인심 흉흉할 때 말이다.

이 작은 책이 내게 오는 사이에 꽤 험난한 길이었는지 이미 봉투의 상당 부분이 찢기어져서 그 안에 들어 있는 속 것이 얼마간 드러나 보였는데 내 눈에는 이것도 슬픔으로 거슬렸지만 어찌하겠는가.

나는 속 것을 꺼내기 전에 누가 보낸 무슨 책인지 봉투의 겉면을 천천히 들여다보면서 '아, 이분이 아직도 살아 계시구나.' 생각했고, 그 안에 든 작은 시집을 열어서 한 편 한 편 읽어나가기 시작했다. 더러, 미간을 찡그리기도 하고, 더러, 눈을 지그시 감기도 했지만, 그간의 그의 일상이 저절로 풍경화처럼 그려진다. 아니, 아니, 그의 마음속 구석구석이 드러나 보인다.

평생을 같은 시를 써왔기 때문인지 머리말 한쪽 귀퉁이를 보아도, 시 백여 편 가운데 서너 편을 읽어도 그의 마음이 머물렀던 곳들이 선명하게 다가와 겨울을 맞는 나목(裸木)의 깃발처럼 내걸린다. 불편한 구석이 있어도 그저 웃어넘기고, 놀랄만한 절창이 내 발목 붙잡아도 그저 소리 없이 빙그레 웃고 만다.

마지막 페이지를 넘길 때쯤, 나도 내일은 아직 죽지 않고 살아있음을 알리기 위해서라도 낡은 시집이라도 한 권 들고 가까운 우체국으로 가야겠다.

-2019. 12. 03.

아 글쎄 그게 그것이지요

마야부인의 옆구리로 나왔다는 것이나
성령으로 잉태되었다는 것이나
그게 그것이지요.

머리에 물을 부은 것이나
머리에 기름을 부은 것이나
그게 그것이지요.

마왕 파순과 입씨름한 것이나
마귀의 시험을 받았다는 것이나
그게 그것이지요.

발우에 담긴 음식으로 수천수만 명이 먹고 먹어도
줄지 않았다는 것이나
빵 몇 조각과 물고기 몇 마리로 수천 명이 먹고 남았
다는 것이나
그게 그것이지요.

전륜왕의 바퀴나 그룹의 바퀴나
하늘 사람이나 천사(天使)나
그게 그것이지요.

순금으로 된 평평한 대지나
수정 같은 유리 바다나
그게 그것이지요.

임의 일체지지나
임의 전지전능이나
아 글쎄 그게 그것이지요.

이렇게 말하기로 치면 밑도 끝도 없는데
사람들은 그렇고 그런 말들에 목을 매어 다네.
그저 옷만 바꿔입었을 뿐
벗겨놓고 보면 다 같은 꿈이고 허상인데 말이야….

-2020. 06. 19.

내가 아는 어느 수행자의 삶

어둠 속으로 굴러가는 목탁 소리
무명, 무명(無明)을 깨우치라시기에
겨우겨우 일어나 사방을 두리번거리다가
부처님께 귀의하네.
불법승(佛法僧)에 귀의하네.

마침내 출가하여 사문(沙門)이 되고
계정혜(戒定慧) 수행이란 새로운 삶이 열리는데
그 순간부터 나는 없고, 내 것도 없으며,
오로지 부처님 법(法)에 귀를 기울이며
대자대비 심을 내어 바라밀을 닦네.

부처님 뵙고 싶은 마음 간절하여
아침저녁으로 삼매에 드니
허공중에 둥근 빛으로 나타나 주시는 부처님!
감격하여 부처님 발에 입 맞추고
오른쪽 어깨를 드러낸 채 무릎 꿇고
예의를 갖추고서 물러나 앉으니
부처님께서 내 마음 다 읽으시고
나를 위해 특별히 말씀하시네.

법을 설하시는 부처님 말씀
거침없고 틀림없으며
너그럽고 인자하지만 엄중함이 머물고
새소리처럼 청아하고
물소리처럼 깨끗하기 이를 데 없다가도
폭풍우처럼 법우(法雨)를 쏟아내어
캄캄한 내 몸을 씻겨 법안(法眼)을 열어 주시네.

듣는 이마다 탄복하고 감동되어
절로 절로 고개 숙이고
몰랐던 사실 비로소 알게 되어
기쁘기 한량없어
그 얼굴 바라만 보아도
근심 걱정 다 여의고
다시 태어나고 싶은 마음 따윈
이미 사라져버리고 없네.

-2020. 08. 23.

그러나

불길 속으로
몸을 던지는 꽃이여,
마음 주면
주는 만큼 속도 쓰린 법
나는 그저
이쯤에서 바라보련다.

불길 속으로
몸을 던지는 꽃이여,
불길의 생명도
때가 되면 꺼지게 마련
나는 그냥
이쯤에서 바라보련다.

-2020. 04. 15.

근황 近況

나는,
아침에 잘 살아있다가
저녁에 죽어있을 수 있다고 생각하며
오늘을 삽니다.

나는,
저녁에 잘 살아있다가
아침에 죽어있을 수 있다고 생각하며
오늘을 삽니다.

그래서
아침저녁으로 몸을 씻고
순간순간 하는 일에 정성을 쏟지만
이 마음 가볍고 이 몸 또한 무겁지 않습니다.

-2020. 05. 18.

가던 걸음 멈추어서서

눈에 보이는 것이
욕, 욕(欲) 아닌 게 없구려.

모든 것이
치솟는 불길이다.

화창한 봄날에는
죽어가는 것들조차도

솟구치는 불꽃이자
욕, 욕이로구나.

-2020. 04. 16.

언제나 이 순간이 전부

앞으로 걸어가야 할 길을 생각하면
발걸음 떼어놓는 순간순간의
신중한 판단이 요구되지만

그렇게 지금껏 걸어온 길을 내려다보면
처음부터 정해져 있던 길을
그저 걸어왔을 뿐이라는 생각도 든다.

다 내 눈과 내 그릇대로
스스로 지은 뜻과 스스로 행(行)한
결과이기 때문이리라.

그러나 그보다 더 중요한 것은
지금 이 순간 내게 호흡이 있다는 사실!
설령, 서서히 죽어가는 삶일지라도
이 순간이 언제나 내게 전부라는 사실이다.

-2020. 05. 31.

문득 깨달음

아버지 어머니 다 돌아가시고 나니
이른 아침 혹은 한밤중에 전화가 걸려와도

가슴 철렁 내려앉을 일 없네.
가슴 철렁 내려앉을 일 없네.

이 같은 사실 문득 깨닫고 보니
어느새 내가 육십 중반이 되었네.

이제는 산길을 걷듯
조심조심 살아가면 되나니

욕심만 내지 않는다면
한동안 걱정할 일 없고

나로 인해 자식에게, 이웃에게
피해 끼칠 일 없으니 더더욱 마음 편해졌다네.

-2020. 01. 20.

가을 산속에서

그대여, 빨간 단풍잎처럼
곱디곱게 물들어 보았는가.

그대여, 노란 은행잎처럼
곱디곱게 물들어 보았는가.

고운 단풍잎 마음
그대 뜨거운 마음

고운 은행잎 마음
그대 깨끗한 마음

나도 붉게 물들고 싶다.
나도 노랗게 물들고 싶다.

-2019. 12. 03.

깊어가는 가을에

곱게 물든 나뭇잎들이 떨어지고
땅에 떨어진 그들이 굴러갑니다.

뜨인 두 눈으로 바라보나 문득
보이지 않을 때를 생각해 봅니다.

열린 두 귀로 들으나 문득
들리지 않을 때를 생각해 봅니다.

죽기 전에 보지 못하고
듣지 못할 수도 있으니까요.

누구나 다 있는 눈과 귀이지만
얼마나 고마운 것들인가요.

-2020. 11. 07.

백두산

기대 반 설렘 반
맞선을 보듯 나는 네게 다가섰지만
그대는 정작,
눈을 감아버리고 고갤 저었지요.

그래도 나는 당신을 잊지 못해서
짝사랑하듯 사모하게 됐고,
그래도 나는 용기를 내어서
북문 서문 남문으로 기어들어가
그대 마음 조심스레 두드려도 보았지만
역시 마음을 사기에는 역부족이었던 게지요.

보란 듯이 퇴짜를 맞을 때마다
나는 자책하며 하늘을 우러러보았건만
그대 진실 알 길이 없었습니다.
다만, 그대가 내 정수리로 불어넣은
그 뜨거운 기운을 상기하면
분명, 외면(外面)함이 아니라
간택(揀擇)이었는지도 모를 일!

무언가 속뜻을 숨기고 있다는

의혹이 믿음이 되기까지
그대 진짜 진짜 속마음을 헤아리며
나는 밤마다 그대 꿈을 꾼다오.

나, 이제, 비굴하게 기어들지는 않으리라.
아침 햇살처럼 동문(東門)으로 당당하게 걸어 들어가
뜨겁게 포옹하며 흘리는 눈물로써
얼어붙은 적막을 녹여내고
천지(天地) 간에 피가 돌고 숨이 돌게 하리라.

-2020. 11. 02.

백두산

멀찌감치 서서 우러러볼 수밖에 없는
신령스러운 산이 백두산이지
너도나도 장사진을 이루어서 그 머리 짓밟힐 때마다
화산재 흘러내리는 산은 장백산이다.

아무리 바라보아도 그 모습 한결같은
그곳의 눈부신 산이 백두산이지
고작, 사람들 앞에서 속곳을 드러냈다 감추는
요사스러운 산은 장백산이다.

어디서 바라보든 우뚝 솟아올라
만인의 접근을 불허하는 머리 하얀 백두산은
천손(天孫)인 단군의 배달민족
그 심장, 그 숨결 속에나 있나이다.

-2020. 11. 03.
바람 많은 족두리봉에서

자작시집 『허공(虛空)에게 묻는다』를 떠나 보내며

이 시집의 키워드는 무엇일까? 누가 내게 물으면 나는 주저하지 않고 대답할 것이다. '무상(無常)'과 '허공(虛空)', '생명(生命)'과 '죽음'이라고. 아, 여기에 하나를 더 추가하고 싶다. 그것은 다름 아닌, 이들을 담아내는 내 '마음[心]'이다.

살아 숨 쉬는, 크고 작은 것들의 치열한 욕구를 들여다보며 나는 눈시울이 붉어지곤 한다. 그들과 내가 조금도 다를 바 없기 때문이다. 그 치열함이 내게는 온통 '붉은색'으로 다가온다. 시에서는 곧잘 가을철에 울긋불긋 물드는 나뭇잎과 철 따라 피어나는 꽃들로 빗대어지곤 했다. 그렇듯, 시작이 있으면 그 끝도 있듯이 죽어가는 것들을 들여다보면서도 눈시울을 붉히곤 한다. 슬픔 때문이 아니다. 태어나고, 마음껏 살다가, 죽어가는 데에도 일정한 절차와 질서가 있는데 그것이 그렇게도 엄숙함과 진지함으로 다가와 나를 짓누르기 때문이다.

이 시집 속에 직간접으로 드러난 불면(不眠), 몸부림, 인내(忍

耐), 파격(破格), 웃음, 긴장(緊張), 죽음 등의 양태나 몸짓이 다 순간이지만 살아가는 것들의 실상(實相)이다. 살기 위해서 애쓰는, 진지하고도 본능적인 모습은 그 자체로서 한없이 아름답다. 나는 그 아름다움 앞에서 자신을 들여다보며, 더러 반성하기도 하고, 더러는 스스로 용기를 북돋우며 채찍을 가하기도 한다.

그렇게 평생을 살아가도 그 끝에서 맞닥뜨리는 '덧없음'에 보다 근원적인, 다시 말해, 시공(時空)을 초월하여 존재하는 허공(虛空)과도 같은 '영원(永遠)'을 꿈꾸게 된다. 그 영원 앞에서 나의 현실적 욕구와 욕망은 한없이 줄어들면서 나는 또 다른 나를 보게 된다.

그리고 그 허공의 영원성에 눈을 맞추려고 노력한다. 문제는, 그 허공과 눈을 맞추려면, 다시 말해, 내 마음속으로 그 허공을 담아내려면, 내 마음 자체가 먼저 투명해지지 않고는 안 된다는 사실이다. 그래서 무엇보다 내 마음을 투명하고 깨끗하게 해야 하는데 원하는 것이 많거나 집착하는 게 있다면 그조차 이루어지지 않는다. 결국, 자신의 현실적 욕구와 욕망을 덜어내고, 점차 비워지는 마음을 늘 가까이에서 들여다봐야 한다. 욕구와 집착 없는 빈 그릇 같은 마음으로 바라보아야 비로소 허공이 보이기 시작하고, 그 안에 깃든 모든 사물이 있는 그대로 눈에 들어오는 것이다.

그렇다면, 마음이 깨끗해진, 욕구와 집착이 비워진 상태가 독자(讀者)에게는 어떻게 지각되며 전달될까? 나는 이렇게 생각한다. 곧, 마음이 깨끗해졌다는 것은 생각이나 의중(意中)이 가지런히 정리 정돈되고, 그나마 있는 최소한의 욕구조차도 명징(明澄)하여 투명하게 드러나 보여야 한다고. 그래야 서로의 욕구가 충돌하는 경쟁세계에서 투쟁 없는 평화와 조화가 이루어지고, 그것을 지향하는 마음과 의지가 시 문장으로 녹아든다고 말이다.

이 시집 안에 든 59편의 시들이, 이런 나의 수행(修行) 과정에서 얻어진 것이라 해도 크게 틀리진 않는다. 나의 시를 읽으며 혹, 마음이 차분하게 가라앉고 편안해진다면, 그리고 다 읽고 난 뒤 무언가를 생각하며 잠시라도 머물러 있을 여유가, 그 공간이 생긴다면 그것은 내가 꾸는 꿈의 세계일 것이고, 지금까지 한 나의 말이 크게 틀리지 않는다는 증거가 되리라 믿는다.

돌아보건대, 나의 시란 내가 직면한 현실과 그 속에서 꾸는 꿈을 반영하는, 익숙지 않은, 처음으로 불러보는, 그러면서도 다시 부르지도 않는, 수줍은 노래와도 같은 일기(日記)이다. 그래서 그 노랫말을 옮겨 놓는 문장(文章)에 동원되는 낱말 하나하나와 그것으로써 조합되는 문장의 문체(文體)에 노래하는 내 마음결이 투사된다고 생각한다. 그래서 나는 한 편의 시에서 문장을 매우 중요하게 여기는데 어쩌면, 많고 많은 시인의 작품과 변별되는 요소가 되지 않을까 싶기도 하다.

누가 나에게 '당신이 직면한 현실이 무엇이고, 당신이 꾸는 꿈이 무엇이냐?'라고 묻는다면 나는 이렇게 말하고 싶다.

현실이란 일상에 영향을 미치는 내외적 자극이고, 그것은 강도(強度)와 나의 관심에 따라서 자연스럽게 그 우선순위가 매겨지는데, 일 년 반 만에 창작한 59편의 시에서 보듯이, 아버지의 죽음과 그 잔상(殘像), 코로나바이러스 감염증19의 대유행과 일상의 변화, 환경오염과 이상기후 관련 불안, 살아남기 위해 몸부림치는 생명의 불길, 그리고 이들을 바라보는, 현재의 '나[我]'라는 존재 의미에 관한 사유 등이 나를 이리저리 옭아매었던 현실적 요소이다.

그리고 이런 현실적 올가미 속에서 지친 나를 위로 격려해 주고, 오늘을 살아가는 방법과 지혜를 일깨워주고, 사유의 진폭을 확장해 준 불경(佛經)의 적지 아니한 개념(槪念)이 녹아들어 내 꿈의 머릿돌이 되었다. '그 꿈이 구체적으로 무엇이냐?'라고 옹색하게 다시 묻는다면, 나는 '순간으로써 영원을 사는 존재의 아름다움 혹은 뜨거움'이라는 말로써 표현하고 싶다.

이 직은 시집을 마음으로써 완상(玩賞)한 이들에게 저마다 홀로 들어가 명상할 수 있는, 아늑한 골방 하나씩 주어지기를 기대하면서 일독해 준 데에 대한 고마운 인사를 대신한다.

-2020. 12. 07.

이 시 환

작품해설

심종숙 / 버전(Version)으로서의 시 쓰기

버전(Version)으로서의 시 쓰기

-이시환 시인의 『허공(虛空)에게 묻는다』에 부쳐

심종숙(시인/문학평론가)

성철스님께서 열반하시기 전에 남겼던 유명한 법어(法語)가 있다. "산은 산이요 물은 물이로다"가 그것이다. 그분의 설법에 공감했던 이들은 이 말에 대해 많은 생각을 했을 것이다. 실상의 세계에 비친 것은 그대로 그것이라는 당연한 이 말의 의미를 두고 사람들이 많은 생각을 해본다는 것은 참으로 중요하다. 당연한 이 말의 일차적 의미를 스님이 몰라서 한 것이 아니다. 산이, 산이 아닌 것도 아니고 물이, 물이 아닌 것도 아니다. 산은 그대로 산이고, 물은 그대로 물이라는 뜻이다. 그러니까, '산 같기도 하고 산 같지 않은 것도 아니다'이지만 산 같기도 하고 산 같지 않기도 하다라는 의미도 내포하는 걸까? 다만, 스님은 '산은 산이고 물은 물이었다'라는 깨달음을 얻은 분의 지혜를 거기에 담아두었을 것이다. 이와 같이 법어에 숨은 뜻은 하나일 수도 있고, 여러 가시일 수도 있다. 중요한 것은 '산은 산이요 물은 물이다'가 내포하는 뜻이 무엇인가이다. 그리고 이 어법이 시적이라는 것이다. 선지식이나 깨달음을 설파할 때 선사들은 이런 어법을 즐겨 썼다. 어법은 하나의 어떤 버전(version)이다. 어떤 어법을 취하느냐에 따라서 그 의미는 무한히 확대 재생산된다. 왜, 선사들은 직설적인 표현을 피하고 에두르거나 다양한 의미를 내포하는 말로써 진리를 표현하였을까, 이다. 하나의 화두일 수도 있고, 그것이 지니는 다의성에 법어가 지니는 매력적인 언어 구사법은 시적인 버전이기도 하다. 시를 쓸 때도 이와 같은 버전은 여전히 유효하다. 알레고리(allegory) 적이거나 메타(Meta) 언어적인 이 어법은 반대급부적으로 매우 큰 의도성을 함축할 수도 있다는 것이다. 다의적 접근이나 해석을 가능케 하면서도 정언(正言)에 가까운 진리의 깨달음을 설파하는 말일 수도 있겠다.

이시환(1957 ~   ) 시인은 그동안의 시업(詩業)에서 '존재/비존재, 해탈/윤회, 니르바나' 등의 불교적 사유를 하면서 때로는 수행(修行)으로서의 불국기행 및 명상, 그리고 자연과 만날 수 있는 산행(山行)을 통하여 만행(蠻行), 또는 행각(行脚)을 해왔다. 그러는 과정에서 시의 모티브나 언어들이 그곳에서 탄생되었고, 총 15권의 시집을 출판하기에 이르렀다. 그 핵심은 늘 불교적 사유의 근간에서 시인으로서의 그는 꾸준히 새로운 어법으로 불교적 진리를 표현해보고자 한 것이다. 그러한 노력은 때로는 우주, 대지, 여성, 물, 자연물 등의 이미지로 구현되었다. 시집 『허공(虛空)에게 묻는다』는 그간의 시집들과는 또 다른 버전으로 쓰여졌다고 해도 과언이 아니다. 시인은 어떤 식으로든지 새로운 방법을 실험해야 한다. 그가 끝까지 시인일 수 있는 것도 실험정신에서 온다고 생각된다.

이번에 펴내는 『허공(虛空)에게 묻는다』는 크게 세 가지 모티브를 지니고 있다. 시인이 늘 하는 산행에서 만난 자연물, 부친의 죽음, 코로나 대유행과 같은 지구환경 문제가 그것이다. 분명히 시인에게 부친의 죽음이나 전 세계적인 코로나 바이러스 19 대유행은 큰 충격을 주었을 것이다. 그가 늘 고뇌하는 인간의 죽음에 대해 더 첨예하게 반응할 수밖에 없는 사건이라고 할 수 있겠다. 이 세 가지 모티브로써 그는 시에서 무엇을 이야기하고 싶은가? 어떤 버전으로 무엇을 이야기하고 싶은가가 무엇보다 중요하다 할 것이다. 그는 명상을 통한 마음 다듬기, 고요 속에 머무는 두타(頭陀)행, 버전으로서의 시 쓰기, 지구환경과 코로나 대유행 극복 방법 등에 천착(穿鑿)한다.

먼저, '마음 다듬기'를 주제로 하는 시 작품들 가운데 「밝고 둥근 달을 바라보며」를 보자.

때깔 곱게 늙은 가을 호박도
둥글고 큼지막한 깃을 바라보면
절로 기뻐지고

얼굴에 미소 피어나듯이
저 밝고 둥근 달을 바라보노라니
내 마음조차 넉넉해지고
한결 너그러워지네.

반듯하게 늙은, 이 호박처럼
밝고 둥근, 저 달덩이처럼
바라보는 것만으로도 흐뭇해지는
내 마음 둥글게 허공중에 띄워놓고 싶네.
그저 멀리서 바라만 보아도
모두의 얼굴에 너그러운 미소가 피어나는
내 마음 밝게 허공중에 걸어두고 싶네.

-「밝고 둥근 달을 바라보며」 전문

가을 호박, 얼굴, 둥근 달은 모두 원형(原型)이면서도 노란색
의 색채 이미지를 가지고 있으며, 빛을 내는 태양을 닮은 형상
들이다. 원형이면서 노란색의 빛을 띠는 것에 대한 소망을 지
닌 마음까지도 둥글게 하여 허공 중에 걸어두고 싶다고 한다.
구체적 형상들인 가을 호박, 얼굴, 둥근 달 등과 마음은 다르
다. 전자는 시각적으로 볼 수 있으나 마음은 보이지 않는다. 보
이지 않는 마음을 둥글게 다듬어 허공 중에 걸어두고자 하는

시적 화자의 마음은 바로 '가난한' 마음이다. 가난한 마음이기 때문에 허공 중에 걸릴 수 있는 것이다. 마음이 가난하지 않은 것은 비워지지 않은 마음이다. 비워지지 않은 마음은 무거워서 허공 중에 걸릴 수가 없다. "일요일 낮 하지감자를 삶아 먹으며/나는 놀랍게도 나를 들여다보네./내 성깔 내 모양은 어떻고,/내 마음결은 어떠한지."(「하지감자를 삶아 먹으며」)에서처럼 산지(産地)와 재배법(栽培法)에 따라 맛이 달라지는 하지감자처럼 마음도 가꾸기에 따라서 여러 가지이다. '천 길 물속은 알아도 한 길 마음속을 모른다'라는 속담처럼 인간의 마음은 다 다르고 어떻게 가꾸느냐에 따라서도 달라진다. 그래서 이시환 시인에게 마음 다듬기 내지는 마음 가꾸기가 매우 중요하고, 시를 쓰는 이유이기도 하다. 곧 시인은 마음의 밭[心田]을 일구어서 그곳에 온갖 생명이 자라게 하여 그 열매를 맺게 하기 위함이다.

허공은 비어있는 공간이다. 그곳에 둥글어진 마음을 걸어두고 싶다는 시적 화자의 욕구는 욕망을 벗어난 마음이다. 허공은 비어있는 공간인데 시적 화자는 이 허공을 꿈꾼다. 티끌이 되어 도달하고 싶은 궁극으로서의 허공이다. 이 시집의 제목이면서 이 시집의 첫 번째에 놓인 시 「허공(虛空)에게 묻는다」를 보면, 빙행 대구로 두 개 연을 병치한 짧은 시에서 시적 화자는 우주의 해와 달, 풀잎 끝에 매달린 작은 이슬방울 하나의 귀중

함을 허공에게 묻는 형식의 어법을 취하고 있다. 허공이 무엇이기에 이것을 물어야 한단 말인가! 아마도, 시인에게 있어 허공은 없으면서도 있는, 원형의 우주, 우주의 이법(理法), 절대 진리, 절대 존재에 가까운 것임을 암시해주고 있다고 하겠다.

칠보로 단장한 궁전이
이슬을 엮어서 지은
해와 달의 집만 하겠는가.

수레바퀴만한 황금 연꽃이
풀잎 끝에 매달린
작은 이슬방울 하나만 하겠는가.

-「허공(虛空)에게 묻는다」 전문

세상에서 값어치 있는 일곱 가지 보석으로 단장한 궁전과 이슬로 엮어서 지은 해와 달의 집은 얼마나 대조적인가. 그러나 시인은 칠보 궁전이 이슬로 엮은 해와 달의 집보다 못하다고 한다. 말하자면, 평수가 넓고 값이 많이 나가는 아파트보다 흙으로 만든 작은 초가가 낫다는 말이 될 것이다. 그리고 수레바퀴 크기의 황금으로 만든 연꽃보다 풀잎 끝에 매달린 작은 이슬방울이 더 고귀하다는 제2연에서 세상에서 값비싼 보석으로 만든 집과 황금 연꽃이 한낱 값어치 없는 것이 되고 만다. 그러니까, 시인에게는 아침에 맺혔다가 해가 나면 사라지는, 허망해 보이기까지 한 이슬방울이 더 귀하고 소중하다고 하였다. 이슬은 오랫동안 찰나적인 것에 비유되었다. 그 헛된 것, 허망한 이슬이 그의 시에서는 황금이나 칠보보다 더 고귀한 것으로 들어 올려졌다. 시인은 사라져 가는 작은 것들에 대한 무한한 애정을 지니고, 사라지는 존재들에 대한 경외감을 노래하였다. 한편으로는, 그가 산행길에서 만나는 깨끗한 한 방울의 작은 이슬이 목을 축여주어서 자라는 풀들을 보면서 생명에 대한 외경감을 지니고, 영원성과 고귀함을 지니는 황금과 칠보보다 깨끗함과 순간성을 지니는 이슬이 그의 마음을 사로잡았던 것이리라. 그의 마음이 이렇게 된 데에는 그가 지닌 모든 것은 죽음 앞에서 곧 버려질 것들이기 때문이 아닐까 싶다. 죽음의 운명을 지닌 인간에게 이슬의 순결함과 순간의 아름다운 미학적 가치, 생명의 외경감을 불러일으켜 주고, 탐욕스런 마음을 비웠으면 좋겠다는 시인의 바람이 담겨있다고 보아야 할 것이다. 이 시는 바로 메타 언어적이며, 법어에 가까운 선시(禪詩)라고 해야 할 것이다. 이러한 계열의 작품으로 「나는 보았지」를 들 수 있다.

어느 날 나는 보았지,
태풍이 불어오매

큰 나무는 크게 흔들리고
작은 나무는 작게 흔들리는 것을.

어느 날 나는 보았지,
아무도 없는 산길에서
큰 나비는 큰 꽃에 내려앉고
아주 작은 나비는 아주 작은 꽃에 내려앉는 것을.

-「나는 보았지」 전문

　산행길에서 큰 나비가 큰 꽃에, 작은 나비는 작은 꽃에 내려앉는다는 사실과, 태풍이 불 때 큰 나무는 크게 흔들리고 작은 나무는 작게 흔들린다는 두 가지 사실 발견은, 그가 자연현상을 들여다보고 사물의 본질에 대한 통찰을 통해서 깨달음으로 가는 길[과정]에서 얻는 시적 모티브이고, 그것에 선적 고요와 응시(凝視)가 덧씌워지면서 언어의 일차적 단순한 의미를 넘어서고 있다. 그래서 단순하면서도 명징한 문장이지만 그 함의가 무한정 깊어지는 것이다.

　다음으로, 고요 속에 머물면서 느끼는 물아일체(物我一體)·천지동근(天地同根)의 경지를 표현한 작품들이다. 여기에는 「까마귀」, 「한 송이 연꽃 속에는」, 「오늘 문득」, 「이심전심」 등의 시편들이 있다. 내적 고요란 마음의 지극한 평정(平靜) 상태로서 그 무엇도 흔들 수 없는 절대 고요이다. 이 고요 속에서 모든 생명이 일어난다. 저 땅속 깊은 곳에서 끓고 있는 마그마 역시 지표면으로 나올 때, 땅은 인간에게 무서운 존재이지만 땅은 평정 상태를 유지하기 위한 불가피한 활동이다. 절대적 고요 속에서 머무는 사람은 천지동근의 경지에서 저들의 움직임을 몸으로 먼저 느껴 알게 된다. 절대적 고요는 완전한 비움으로 인한 완전한 일치이기 때문이다. 거기에는 독립된 인간은 없고 물아일체(物我一體) 된 인간이 있을 뿐이다. 완전한 고요는 인간과 사물의 거리가 매워져 인간이 사물의 의지에, 사물이 인간의 의지에 서로 포섭되는 것이다. 먼저, 작품 「까마귀」를 보자.

까마귀는 나의 친구다.
그는 나처럼 아침 해가 솟아오르기 전
동녘 하늘 여명의 고요를 좋아한다.

나는 까마귀의 친구다.
커다란 황금알같이 힘들게 빠져나오는
눈부신, 붉은 태양의 아침을
나는 그처럼 좋아한다.

오늘도, 그는 흔들리는 나무 우듬지에서,

나는 산봉우리 바위 위에 서서,
얼굴을 내밀며 광채를 발산하는, 둥근
아침 해를 함께 지켜본다.

한결 가벼워진 몸으로 기분 좋게
내가 돌아서면
저 아래 계곡을 향해 날개를 펴고
시원스럽게 활공 선회하는 그다.

-「까마귀」 전문

"까마귀는 나의 친구다"라는 첫 행에서 알 수 있듯이 시인은
까마귀와 하나가 되었다. 일체가 된 시인과 까마귀는 동트는
하늘을 바라본다. 고요 속에 동녘 하늘에 올라오는 태양은 마
치 대지가 거대하고 붉은 핏빛 알을 낳는 광경을 연출한다. 우
주는 매일 이것을 반복한다. 태양은 바로 시인이 꿈꾸는 원형
이다. 가을 호박, 얼굴, 태양 등과 같은 원형 속에 인간과 사물
과 우주의 생명인 태양이 일체가 되는 것이다. 고요는 이 삼자
를 하나로 굳건히 묶어준다. 인간이 인간대로, 사물이 사물대
로, 우주가 우주대로 모두 제각각이면서도 하나일 수 있는 것
은 고요 가운데 머물기 때문이다. 만약에, 이 머물기가 없다면
어떻게 가능할 일이겠는가. 그 무엇이 이들 삼자의 틈에서 제

각각이 되게 만들었던가? 인간에게 고요 대신 시끄러움, 비움 대신 욕망이 가득 찼더라면 이 하나 됨은 없었을 것이다. 인간이 사물과 우주와 하나일 수 있는 것은 이 위대한 '비움'이 있기 때문이다. 비움은 내적 고요에서 온다. 시인이, 예를 들어 동틀 무렵의 산행을 즐기지 않았다면 이러한 일치는 없다는 말이다. 그가 왜 이 고요를 즐겨 왔는지를 이 시에서 충분히 이해할 수 있다. 인간이 사물과 우주에게 친구가 될 수 있는 데에는, 다시 말해, 사물과 우주가 인간을 친밀한 친구로 편입시키는 데에는 이런 전제조건이 필수불가결한 것임을 알아야 한다.

고요 속에서는 생명이 움튼다, 뿌리가 내리고 줄기가 자라며 가지를 뻗고 잎을 매달아 꽃을 피운다. 많은 꽃이 잎이 나기 전에 먼저 꽃을 내민다. 어떤 꽃나무들은 잎이 나고 난 뒤에 꽃을 내민다. 어느 것이 먼저이든지 상관없이 부지런히 생명의 꽃을 피우고 열매를 맺는다. 꽃은 아무 말도 없이 꽃을 피우고 열매를 맺는다. 그 절대적 고요 속에서 이루는 장렬함이란 인간과 같지 않다. 인간은 일생을 사는 동안 이루 말할 수 없이 시끄럽다. 그것만이 아니라 이법(理法)에 따라 움직이지 않고, 자신의 이성만을 믿고 의지하면서 욕망을 채우기 위해서 살아갈 뿐이다. 그러나 이시환 시인은 그 반대이다. 그가 그리는 한 송이 연꽃이 어떻게 꽃을 피우는지 우리는 살펴볼 필요가 있다.

잔잔한 수면 위로 솟아오른

깨끗한 연꽃 한 송이,
막 벙글어지는 순간을 맞이한다.

바깥세상은 숨죽인 채 고요한데
사방을 경계하듯
바람의 손길이 엄중하고,
아침 햇살은 분주하게 물 위를 걷는다.

이내 커다란 연꽃잎이 벌어지며
그 속이 드러나 보이는데
갓난아기 누워서 짓는 해맑은 미소에는
검푸른 눈동자가 박혀 있다.

세상의 안팎이 온통
눈이 부시다.

-「한 송이 연꽃 속에는」 전문

　한 송이 연꽃은 이 시에서 검푸른 눈동자를 지니고 미소 짓
는 갓난아기로 그려지고 있다. 연꽃은 갓난아기이다. 그것도
미소 지으며 검푸른 눈동자를 지닌 갓난아기이다. 고요 속에서
태어나는 인간의 한 아기와 연꽃이 오버랩(Overlap)된다. 인간

의 아기는 모체를 뚫고 나온다. 연꽃은 뿌리에서 싹이 나와 줄기가 자라고 거기에서 꽃이 나온다. 연꽃은 물에서 나온다. 인간의 아기도 물에서 나온다. 물이 아니면 이 둘은 생명으로 태어나지 못한다. 연꽃의 뿌리가 연못의 흙과 물을 흡수하여 살듯이, 인간의 아기는 어미의 피로 살을 빚어 태내의 양수에서 길러져 살을 뚫고 나온다. 살은 곧 흙이다. 연꽃은 뿌리로 지속적이지만 꽃은 한 해로 끝이 난다. 인간 역시 100년 내외를 살다가 다시 흙으로 돌아간다. 생명은 이러한 고요 속에서 지속한다. 우주가 지속하는 것도 이 고요 속에서 머물러서 가능하다. 고요의 지속은 어떻게 가능한 것일까? 이시환 시인은 그의 시를 통하여 고요를 독자로 하여금 체험하게 한다. 바로 이때 시적 언어의 버전은 형상화의 극치를 달린다. 버전이 훌륭한 형상을 입지 않으면 독자들을 고요 속으로 이끌어 들이지 못한다. 그의 버전이 성공할 때 독자들은 소란함을 물리치고 비로소 선정(禪定)에 들어갈 수 있다.

바깥세상은 비가 내립니다.

비 내리는 소리가 울창한 숲을 이룹니다.

나는 그 숲속으로 난 길을 걷습니다.

이따금 바람도 붑니다.

나는 이미 온몸이 다 젖었습니다.

조금 더 가면 오돌오돌 한기가 들지도 모르겠습니다.

바람이 점점 거칠어집니다.

숲속의 키 큰 나무들도 바람결에 맞추어 휘어지며

굵은 빗방울을 쏟아놓습니다.

여기 높은 곳에서 바라보니 많은 곳이 물에 잠겼습니다.

내가 사는 동네 교회 첨탑도 온전히 잠기어 버려 보이지

않습니다.

그런데 세상은 너무너무 조용합니다.

나는 언제나 이 숲에서 빠져나갈지 모르겠습니다.

어쩌면, 거짓말처럼 비가 그치고 맑은 햇살이 쏟아지는

날,

하늘과 땅을 잇는 쌍무지개 미끄럼을 타고서

저 초원으로 내려갈지도 모르겠습니다.

-「비 내리는 날 소리숲에 갇히어」 전문

장마철에 많이 내리는 비를 소재로 하여 시인은 그것을 '소리의 숲'으로 연상한다. 시적 화자는 그 소리숲으로 들어간다. 그 숲에는 바람도 불고 키 큰 나무들이 휘어지며 물에 잠긴다. 동네도 잠기고 나니 이 소리숲 세상은 고요에 들어가고 시인은 거기에서 언제 빠져나갈지 모른 채 머물러 있다가 비가 그치면 하늘과 땅을 잇는 쌍무지개 미끄럼틀을 타고 초원으로 내려갈지도 모른다고 상상한다. 이 시는 상상에 상상이 거듭된 시로

서 소리숲의 고요라는 상반된 이미지의 결합이 서로 상충되지 않고, 일체를 이룬 세계를 표현하고 있다. 어쩌면, 세상이 장맛비처럼 소란스러워도 흔들리거나 말려들지 않고 고요 속에서 자유를 누리고자 하는 시인의 의지를 엿볼 수 있는 작품이라고 생각된다. 고요는 곧 내적 평정이며, 자유이며, 일치이다. 남녀 둘이 하나가 되는 일치를 보여주는 작품으로 「파안(破顔)」을 들 수 있다.

나는 보았네.
벚꽃처럼 흐드러지게 웃는
그 사내의 얼굴을.

나는 보았네.
벚꽃처럼 자지러지게 웃는
그 여인의 얼굴을.

나는 보았네.
벚꽃 같은 웃음을 피우며
맞잡은 저들의 손과 손을.

-「파안(破顔)」

벚꽃 속에 남자의 얼굴도 있고, 여자의 얼굴도 있다. 꽃은 생명이며, 인간과 꽃이 하나가 되고, 남과 여가 하나가 된다. 몇 그루의 벚꽃에서 시인은 남자도 여자도 본다. 그들은 제각각이었으나 벚꽃 같은 웃음을 피우며 손을 맞잡는다. 식물인 벚나무가 인간이 된다. 인간이 벚나무가 된다. 이것은 서로 상즉상입(相卽相入)의 세계이다. 여기에는 물아(物我)가 일치되고, 자타(自他)가 하나 됨으로써 생명이 더욱 눈부시다.

고요는 생명이며, 잉태이며, 성장이며, 결실이다. 고요를 깨는 것은 시끄러움이며, 코로나 바이러스19 감염증의 대유행이며, 환경 파괴 같은 것이다. 거기에는 고요가 있지 않고, 시끄러운 파괴가 난무한다. 작품 「깊어가는 수심」, 「자업자득」, 「장마」, 「나의 우울한 그림」, 코로나 바이러스19 관련 시편들(「코로나 바이러스에게」, 「코로나 바이러스19와의 전쟁」, 「코로나 바이러스 19에게·1, 2」, 「코로나 바이러스19 대유행 파도를 타며」)이 고요가 없는 현실의 어두운 그림자이다.

이 어두운 시대의 그림자를 지우려는, 아니, 초극하려는 의지를 보인 작품이 바로 「나무, 부처 되다」인데 시인의 상상력이 돋보인다.

(전략)

머지않아 세상 사람들이 기다렸다는 듯 또 몰려올 것이
다. 그러나 나무는 그들을 미워하거나 나무라지 않는다.
설령, 죽어서 다시 태어난다고 해도 '약나무'로 그 자리를
지킬 것이다. 아니, 영영 죽어서 다시 살아나지 못하더라
도 그 나무는 사람들을 원망하지 않을 것이다.

그렇게 두 해를 넘기고, 또 두 해를 넘긴 나무는 마침내
한 점의 살점도 없이 사라졌지만, 그 잎과 가지와 줄기와
뿌리로써 차를 끓여 마시고 무서운 감염병으로부터 자유
로워진 사람들이 광장으로 몰려나와 그 나무에 감사하며
눈물까지 흘리면서 그 나무가 서 있던 자리에 기념비 하나
를 세웠다. 그리고 그 주변에서 간절히 기도하곤 한다.

-「나무, 부처 되다」 부분

이 시는 불교적 상상력에 그 뿌리를 두고 있고, '약나무'가
곧 부처가 되어가는 설정의 산문시(散文詩)인데 불교의 살신성
인(殺身成仁)하는 보살도(菩薩道) 정신과 중생의 해탈을 위해서라
면 '아낌없이 모든 것을 다 내어주는 나무'처럼 인간에게 치명
적인 질병으로부터 구원을 주기 위해 자기희생을 기꺼이 감당
한다는 이야기이다. 산문시의 스토리텔링이 코로나 바이러스
19 대유행으로 인한 인간의 위기가, 결국은 생태계를 파괴하
고 우주와 지구의 환경을 돌보지 않고 분별없이 개발과 성장

발전만을 추구해 왔던 이기적인 인간활동 탓이지만, 그 인간들에게 자신의 모든 것을 다 내어주는 나무를 부처로 내세워 놓고 있다. 그래서 약나무와 부처의 모습이 겹쳐지고 있다.

이시환 시인의 새 시집 『허공(虛空)에게 묻는다』는 그간의 시집들과는 달리 그의 부친의 죽음에 대한 간접체험과 코로나 바이러스19 대유행 속에서 마스크를 일상적으로 쓰고 비대면이라는 초유의 사태 속에서 인간관계와 인간과 우주, 지구, 사물, 동식물과의 관계를 성찰해보게 하는 시집이라고 생각된다. 작품 「오늘 문득」에서는 대자연을 내 집의 정원쯤으로 여기고 살아가는 시인의 삶이, 태도가 얼비친다.

대자연을 내 집의
정원쯤으로 여기고 살다 보니

가는 곳마다 산과 들에서는
전시 중인 분재(盆栽) 아닌 나무 없고

둥근 수반에 꽂힌
꽃꽂이 아닌 꽃 없네.

우주를 내 집의

정원쯤으로 여기고서 꿈을 꾸다 보니

오늘은 북한산도
화분 하나에 쏙 들어오고

바람에 날리는 벚꽃잎조차
밤하늘의 별이 되네.

-「오늘 문득」 전문

　　우주를 내 집으로 생각하는 마음은 곧 우주를 사랑하는 마음
이다. 사랑하는 마음은 서로에게 필요한 존재가 되고자 한다.
대상을 자기의 이기심에 의해서만 활용하는 것과는 다르다. 존
재 그 자체를 받아들이고, 그 존재를 소중히 여기며, 가꾸고 돌
보면서 그 존재가 열매 맺을 수 있도록 잘 지켜주는 마음일 게
다. 그러니 그곳에 사는 사람들과 삼라만상은 다 꽃이다. 대자
연이 마음에 들어오면 인간의 필요에 따라 분재(盆栽)할 필요가
없어진다. 이것은 대자연과 하나 되어 누리는 사람의 기쁨이
고, 대자연과 호흡을 함께 하는 데서 비롯되는 동체의식이다.
그래서 대자연의 작은 꽃들이 길을 걷다가 만나는 사람들 속에
서도 피어있고, 산길의 꽃이 길가의 사람들의 얼굴과도 같아지
는 것이다.

종종 산길을 걸으며
나는 크고 작은 꽃들을 본다.

내가 보는 꽃들 속에는
놀랍게도 사람들의 표정이 있다.

나는 그 꽃을 보면서
사람의 마음과 표정을 읽고
그 사람의 파란만장한 역사를 읽는다.

종종 도심을 걸으며
나는 사람들의 얼굴을 쳐다본다.

내가 보는 사람들 표정에서도
산길에서 보았던 그 꽃들이 피어있다.

나는 사람의 얼굴을 보면서도
꽃들의 표정과 마음을 읽고
그 피고 지는 생명의 불길을 읽는다.

-「꽃과 사람, 혹은 사람과 꽃」 전문

'사람이 꽃이다'라는 말이 있다. 산행에서 만나는 꽃 속에서 사람과 그 역사를 만나고, 길을 걷다가 우연히 만나는 사람들의 얼굴 속에서 산행길에서 만난 꽃들이 얼비친다. 꽃들의 표정을 읽듯이 사람들의 얼굴에 나타난 마음과 표정을 읽는다. 그리고 다르지 않은 인간과 꽃에 깃든 생명의 불길도 읽는다. 인간과 꽃이 그렇게 하나 되어 흘러가는 세상은 코로나바이러스19 감염증이라는 사상 초유의 위기도 극복할 수 있는 힘을 내재하고 있다. 그 이유인즉 시인이 꽃과 사람 속에서 생명의 불길을, 다시 말해, 생명의 본질을 꿰뚫어 보고 조화로운 세상을 꿈꾸기 때문이다. 모두가 마스크를 쓰고 살아가도 여기엔 여전히 우주와 지구에서 인간과 삼라만상이 함께 어울린다. 시인은 그런 생명 속에 활활 타오르면서도 피고 지는 꽃처럼 시의 혼을 불러일으키며, 언제나 새로운 버전의 언어에 생명의 기운을 불어넣으리라 믿는다.

-2020. 11. 22.

이시환 시집

허공(虛空)에게 묻는다

초판인쇄 2021년 01월 05일 **초판발행** 2021년 1월 08일

지은이 **이시환**
펴낸이 **이혜숙** 펴낸곳 **신세림출판사**
등록일 **1991년 12월 24일 제2-1298호**

04559 서울특별시 중구 창경궁로 6, 702호(충무로5가,부성빌딩)
전화 **02-2264-1972** 팩스 **02-2264-1973**
E-mail : shinselim72@hanmail.net

정가 10,000원

ISBN 978-89-5800-225-3, 03810

신세림출판사
04559 서울특별시 중구 창경궁로 6, 702호
(충무로5가, 부성빌딩)
전화 02-2264-1972 팩스 02-2264-1973
E-mail : shinselim72@hanmail.net

1. 이 시집의 키워드는 '무상(無常)'과 '허공(虛空)', '생명(生命)'과 '죽음', 그리고 이들을 담아내는 내 '마음[心]'이다.

2. 시집 속에 직간접으로 드러난 불면(不眠), 몸부림, 인내(忍耐), 파격(破格), 웃음, 긴장(緊張), 죽음 등의 양태나 몸짓이 다 순간이지만 살아가는 것들의 실상(實相)이다. 살기 위해서 애쓰는, 진지하고도 본능적인 모습은 그 자체로서 한없이 아름답다. 나는 그 아름다움 앞에서 자신을 들여다보며, 더러 반성하기도 하고, 더러는 스스로 용기를 북돋우며 채찍을 가하기도 한다. 그렇게 평생을 살아가도 그 끝에서 맞닥뜨리는 '덧없음'에 보다 근원적인, 다시 말해, 시공(時空)을 초월하여 존재하는 허공(虛空)과도 같은 '영원(永遠)'을 꿈꾸게 된다. 그 영원 앞에서 나의 현실적 욕구와 욕망은 한없이 줄어들면서 나는 또 다른 나를 보게 된다.

3. 현실이란 일상에 영향을 미치는 내외적 자극이고, 그것은 강도(强度)와 나의 관심에 따라서 자연스럽게 그 우선순위가 매겨지는데, 일 년 반 만에 창작한 59편의 시에서 보듯이, 아버지의 죽음과 그 잔상(殘像), 코로나바이러스 감염증19의 대유행과 일상의 변화, 환경오염과 이상기후 관련 불안, 살아남기 위해 몸부림치는 생명의 불길, 그리고 이들을 바라보는, 현재의 '나[我]'라는 존재 의미에 관한 사유 등이 나를 이리저리 옭아매었던 현실적 요소이다.

4. 이런 현실적 올가미 속에서 지친 나를 위로 격려해주고, 오늘을 살아가는 방법과 지혜를 일깨워주고, 사유의 진폭을 확장해 준 불경(佛經)의 적지 아니한 개념(槪念)이 녹아들어 내 꿈의 머릿돌이 되었다. '그 꿈이 구체적으로 무엇이냐?'라고 옹색하게 다시 묻는다면, 나는 '순간으로써 영원을 사는 존재의 아름다움 혹은 뜨거움'이라는 말로써 표현하고 싶다.

―시인의 후기(後記) 중에서

03810

9 788958 002253

값 10,000원   ISBN 978-89-5800-225-3